地獄之旅

72張繪畫之作品集

之

繪畫集

地獄之旅

迪諾‧杜蘭特

之

繪畫集

第一版
10 9 8 7 6 5 4 3 2 1

美國國會圖書館 VAu 1-189-270
平裝: ISBN-10: 1628790237
平裝: ISBN-13: 978-1-62879-023-8
電子書 ISBN-10: 1628790253
電子書 ISBN-13: 978-1-62879-025-2

書本批發採購，請聯繫：
Gotimna Publications, LLC
www.GotimnaPublications.com

繪畫採購，請聯繫：
Epic Art Collections, LLC
www.EpicArtCollections.com

僅以此書獻給但丁⊠阿利吉耶裏，
我生命中的老師

以及

我心愛的露西婭，
我生命中的"光"，
願她以碧翠斯的形象永垂于世。

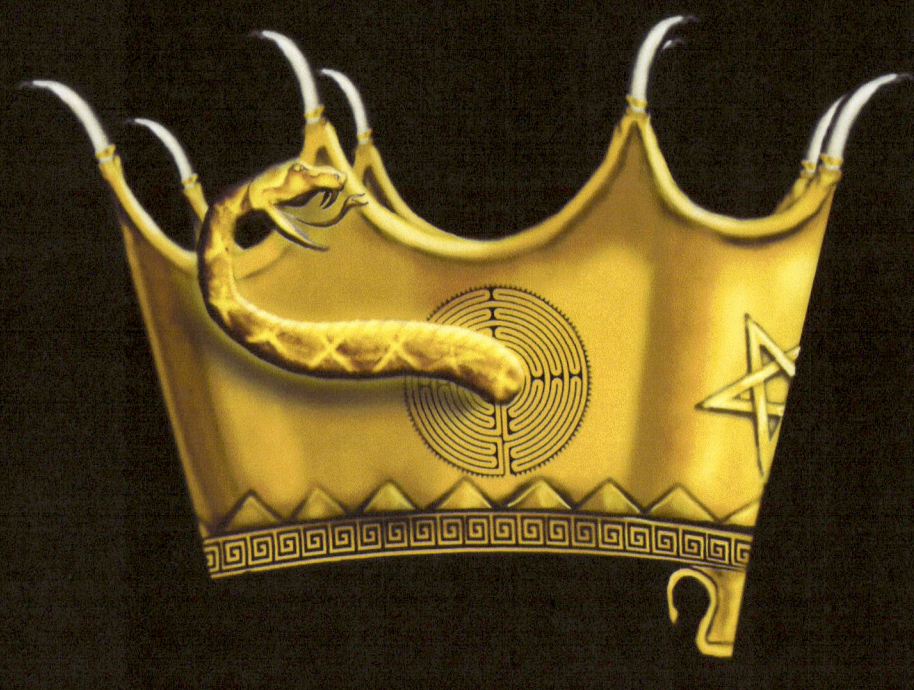

最終的審判

前言

但丁.阿利吉耶裏的名著《神曲》獻世於1302年至1321年之間。之後的七個世紀，許多著名藝術家，桑德羅.波提切利，喬瓦尼.斯特拉多諾，威廉.布萊克，阿莫斯.納蒂尼，弗朗西斯.斯卡拉穆扎，古斯 塔夫.多爾，包括偉人薩爾瓦多.達利，都曾嘗試通過繪畫藝術，直觀地解讀這篇名著。其中以古斯塔夫.多雷於1861年的作品最為出名，約一個世紀後薩爾瓦多.達利以抽象畫的方式再次解析此名著。然而，根據意大利但丁學家所述，約1480年的桑德邏.波提切利是唯一將這部名著真確解析的藝術家。如今，有一位現代藝術家開始提筆，挑戰此作品……

身為一名概念藝術家，迪諾.杜蘭特的任務是將但丁地獄的色彩展現於油畫中。除了準確地解讀但丁的地獄之旅》，迪諾.杜蘭特也希望借此讓更多人更深一層地了解名著《神曲》。這裏的繪畫作品風格並不像多雷的黑白石版畫，也與薩爾瓦多.達利的抽象畫不一樣。迪諾.杜蘭特以前所未有的手法，用精彩豐富、精雕細琢的繪畫詮釋了這部名著。他高深的解析已經超越了七個世紀以來其他藝術家對但丁這首名詩的描繪。

迪諾.杜蘭特視覺性的地獄之旅初步於2007年，本應是連環畫小說，不久後演變擴展成一本畫書，於2014年正式完成。此任務的艱苦和費時，是由於迪諾.杜蘭特是一名秉持著奉獻心態、追求完美及對細節極為敏感的視覺性藝術指導。他廣泛的作品當中一部分被採用來製造一部擁有英語和意大利語兩種版本的動畫電影《但丁的地獄動畫》。他獨特完整的72張繪畫集都被採用於名為《但丁的地獄之旅》影片，並由超過30名來自美國、意大利、梵蒂岡及其他各地的著名明星、教授和但丁學家來演繹。

迪諾.杜蘭特成功應用這些影片將但丁史詩的作品活躍地展現出來。觀賞者能以主角但丁和維吉爾的視覺往地獄各層探險，並瞭解但丁對施加於罪人的刑罰之譏諷與看法。與這些動畫人物冒險的同時，我們能從黑暗的旅程中偷窺着這永恆詛咒的世界。如今迪諾.杜蘭特電影化的藝術靈感全都收錄在這本書內。

迪諾.杜蘭特盡全力以所有可能的形式詮譯《神曲》第一部分的精彩刺激旅程。經歷數次電影製作，直到今天您手中的這本書，都是作者熱誠、愛心投入的結晶。

請翻下一頁，盡情享受！

電影導演/製片人
阿爾芒.馬斯特羅楊尼

Dino Di Durante

誠摯致謝

輕輕的一頁紙,承載不完對眾多人的無盡謝意,謹此對他們致以我深深的謝意。

我首先要感謝上帝給了我驚人的使命,讓我將《神曲》與世界各地分享。

感謝但丁・阿利吉耶裏,讓我醒覺,向我展示現實的世界,為我指引路徑,讓我發現自己,並找到我的使命。

感謝我親愛的露西婭,我不僅想將整份作品獻給她,而且還必須感謝她那無條件的愛、支持和啟發。

感謝我的母親,從我6歲開始畫畫,對我那無條件的愛和支持。

感謝卡洛斯,為我鋪平了最初的道路,讓我得以完成我的人生使命。

特別感謝裏卡多・普拉泰西,如果沒有他,《但丁的地獄》這種視覺性的解析將不會這麼準確。

感謝我的朋友,電影導演阿爾芒・馬斯特羅楊尼不止為這本書寫了前言,也一直給予他的反饋。

感謝馬西莫・恰沃萊拉教授,對我早期作品的支持, 讓UCLA(加州大學洛杉磯分校)意大利文系,始終為我敞開大門。另外,讓我得於在意大利羅馬大學(羅馬智慧大學)呈獻我作品的一部分。

感謝巴勃羅・埃切戈裏,對我的作品給予的信任,並在他位於烏拉圭埃斯特角城富裕的避暑勝地,打開那極具聲望的基金會大門,讓我在2011年初,有機會介紹《地獄之旅》繪畫集的其中50件作品。

感謝我親愛的朋友傑夫・科納韋,我的早期支持者,對我漫長而繁瑣的工作給予鼓勵。

感謝所有認可這本書的專業人士,感謝他們留下名字,就為了鼓勵別人來了解我這部作品。

最後,我不僅要感謝我所有的合作夥伴,也要感謝出現在我旅程中的每一個人。

Dino Di Durante

序

我在6歲的時候開始接觸水彩畫，但不久後就換成蛋彩畫，因為我更喜歡它所畫出的感覺。我曾經在木頭上彩繪迪斯尼人物，這是因為木頭是免費的。幾年後，我停止了繪畫而踏入了音樂攝影界等等。大學之後我重新撿起了畫筆，這次嘗試了在帆布上運用丙烯顏料，再轉換成了自由式繪畫，也被稱為抽象繪畫。

《神曲》是我的家人經常說起和討論的一本書。我等到大學時才有機會學習它，當時是在加州大學洛杉磯分校就讀著工程系。我最終主修了科學但同時也副修了意大利文學。然而，當我第一次抵達加州大學洛杉磯分校時，我沒有接觸任何工程系課程，而是直接報名學習《神曲》以滿足學位的基本需求，再後來是學習了但丁.阿利吉耶裏的完整作品。這是我最可貴的大學經驗。《神曲》很多方面都改變了我的生活。我完全迷醉於但丁所描繪的生命之後的世界裏。然而，我很難想像整個故事，特別是當我用了古斯塔夫.多雷的插圖來幫助我解讀時，特別容易感到迷惑。我在圖書館裏找不到其他任何有關的資料，再加上那個時代沒有網絡。

所以，很多年以後，我開始研發了一系列關於《但丁的地獄之旅》的圖文雜誌。在這過程中，我有機會為同樣命名為《但丁的地獄之旅》的一部電影工作。經過一些研究後，我發現到現存繪畫中的不完整使拍攝工作難以順利完成。於是，我決定轉換方向，停止了雜誌系列而開始了一段新的地獄旅程，一層一層的從最開始（黑暗森林）到最終（煉獄的星星）。

桑德羅.波提切利在1480年代對於《神曲》接近完美的解讀，是在但丁學家，裏卡多.普拉泰西指出我不太準確的解讀後，成為我的指引。他告訴我如果想要讓《但丁的地獄之旅》出版成書本或拍攝成電影，就必須改掉幾個明顯的錯誤。所以，當裏卡多提出為我提供免費的顧問服務，我欣然的接受了他的幫助，這是一位與我一樣熱愛但丁的人。在他加入我的團隊之前，我已經和阿韋季克.巴萊嚴一同工作，他幫助我設計一些場景以及作出一些修改，以讓一部這個世界上從未出現的繪畫集展示於人間。所有的細節，色彩以及準確的展現都必須感謝兩位，裏卡多和阿韋季克，還有桑德羅.波提切利的素描和繪畫。

DINO DI DURANTE

簡介

《但丁的地獄》繪畫集於2011年1月12日至2月28日之間，在烏拉圭埃斯特角城富裕避暑勝地裏的巴勃羅⊠埃切戈裏基金會首次展出。當時這部畫集並沒有完成，只有50張作品被展覽。一段時間後的2014年7月終於完整展出。

數年後，我有機會將這部將近完成的畫集在加利福尼亞州聖地亞哥的動漫展活動中展出。整整七十二張作品集從2007年早期到2014年晚期，用了超過7年的時間來完成。每一幅作品都有超過50張草稿，有些甚至突破100張，然而最終只有一張完成品。

為讓您更能投入故事中，書裏每一張畫圖下方都有簡短的註解。除此之外，畫圖下方印有快速響應碼（QR碼），讓您能用手機或平板電腦進行掃描，以獲取更多有關故事的資訊。黃色的快速響應碼能讓您閱讀我們線上免費電子書裏相關圖畫的正文。銀色的快速響應碼則能提供選項，讓您購買其他介質及尺寸的相關圖畫。

我非常努力地讓您更容易地了解這個富有啟發性及非常復雜的故事。為了完成這項任務，我想象自己在地獄裏，將前後360度的景色收錄進這本畫集。那麼現在您將有機會成為我的評審，為我打分，請讓我知道我是否完成了任務。

但丁·阿利吉耶裏寫了著名的史詩《神曲》，是為了讓我們了解過去、現在和未來，了解自己的人生。在我為這漫長而有啟發性的任務畫上句點之前，我希望我的作品能維護但丁的正義，並視覺性地傳達他的中心思想，讓您能找到您人生中的目標。

願主保佑您！

Dino Di Durante

1300交流流電 — 意大利，庫邁

但丁發現自己迷失在在黑暗森林裏

第一隻野獸

一隻豹猁阻擋了但丁的去路

第二只野獸

一隻獅子阻擋了但丁的去路

第三隻野獸
一隻母狼阻擋了但丁的去路

維吉爾出現

維吉爾從一隻饑餓的母狼口中讓住了但丁

但丁擁抱住了維吉爾
但丁詫異於他的英雄氣概

碧翠斯從天堂降入了幽冥

維吉爾驚愕於此事

碧翠斯在幽冥裏部分性具體化
維吉爾屈身於碧翠斯

維吉爾的任務

碧翠斯要求維吉爾指引但丁通過地獄和煉獄

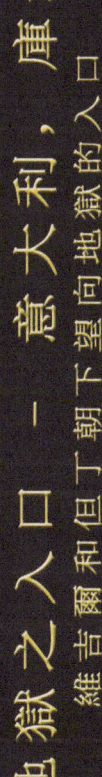

地獄之入口 — 意大利，庫邁

維吉爾和但丁朝下望向地獄的入口

地獄之門

入口處寫著加密的希伯來語：「通過我⋯⋯」

入獄之洞

但丁和維吉爾朝向痛苦之城行去

地獄全景

但丁和維吉爾進入地獄並面對9層的煎熬

地 獄 構 圖

地獄的9層以及其分佈

樹懶及剛抵達的罪人
等待著渡過阿刻戎冥河的時刻

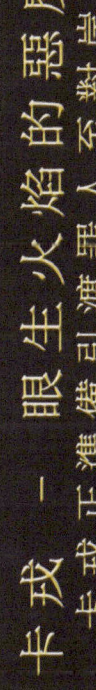

卡戎 一眼生火焰的惡魔

卡戎正準備引渡罪人至對岸

卡戎面對著那些詩人

被恐嚇的但丁🗴在了維吉爾的身後

卡戎毒打罪人
但丁不忍看著他們痛苦

但丁跌倒了，維吉爾攙扶著他

他被罪人們包圍著

渡過了阿刻戎冥河

卡戎引渡了所有罪人，包括但丁和維吉爾

第一層 - 幽冥

但丁和維吉爾抵達了七牆城堡

絕佳的伴航者

但丁和維吉爾與荷馬以及其他詩人一同進入了城堡

Τερψιχόρη

通過了七牆　但丁和維吉爾到達了城堡的中心

但丁和維吉爾遇見了蘇格拉底、儒略·凱撒、亞裏士多德……

幽冥裏的偉大靈魂

征服者

赦免了十字軍的偉大指揮官

米諾斯 ─ 冥界的判官
來到的罪人在審判後被送到指定的圈層

第二層 — 縱 欲
克麗奧佩托拉與馬克⊠安東尼

第二層－縱慾
但丁在保羅和法蘭西斯卡面前暈倒

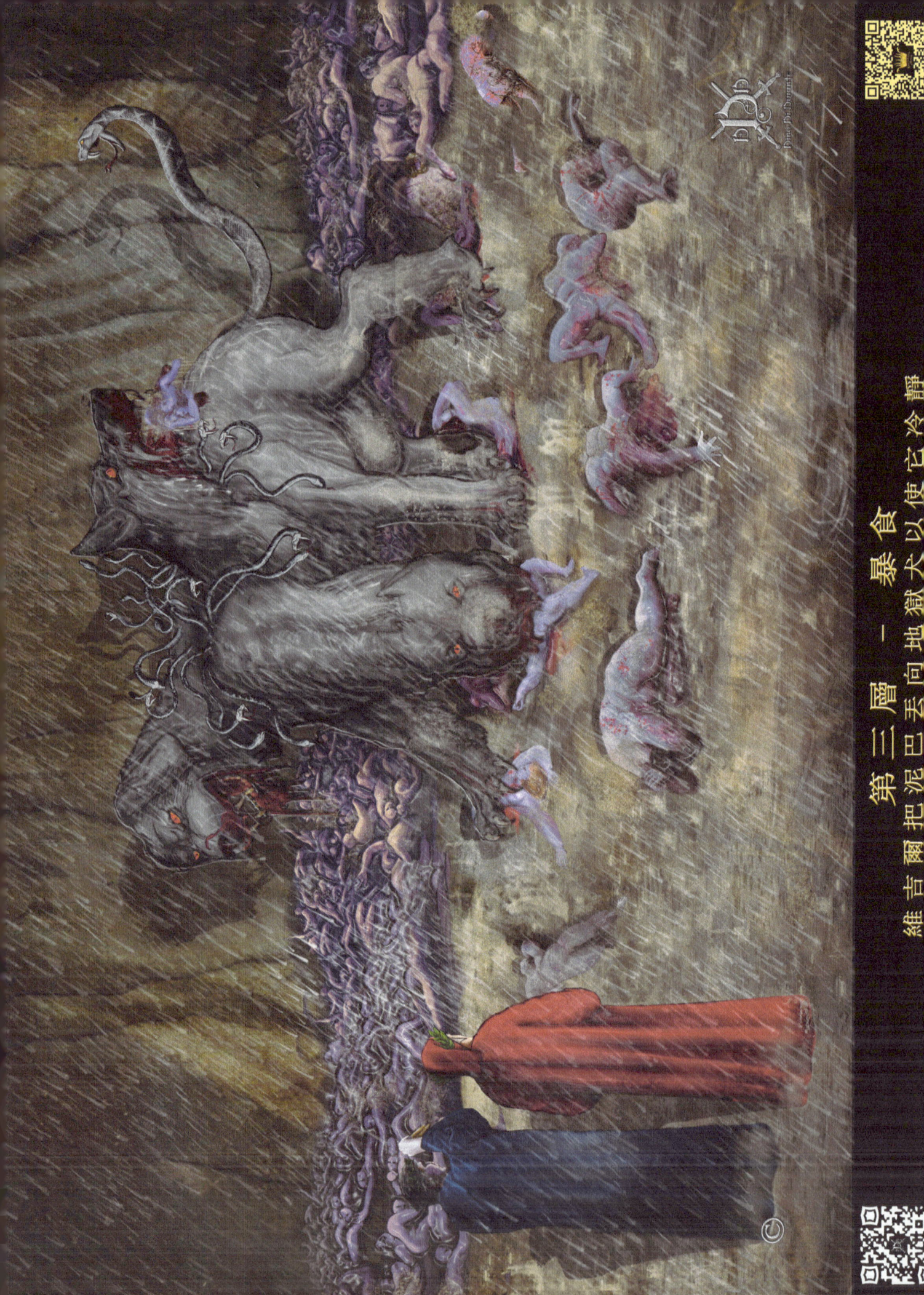

第三層 — 暴食

維吉爾把泥巴丟向地獄犬以使它冷靜

第四層 — 守衛者

普魯托斯憤怒尖叫："噢撒旦，噢撒旦之首！"

第四層－貪婪和揮霍

罪人們互起衝突，然後轉身離去

第 五 層 ─ 憤 怒 和 憂 鬱

弗勒古阿斯帶著但丁和維吉爾吉爾跨渡斯提克斯冥河

三位復仇女神出現在狄斯之牆之牆上

她們以梅朴菈來威脅，維吉爾蓋住但丁的眼睛

惡魔阻擋了狄斯之城的入口處

維吉爾固執地認為但丁正在在為上帝進行任務

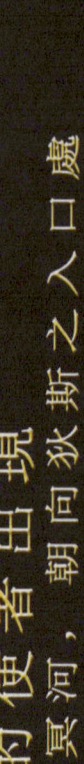

上 帝 的 使 者 出 現

他 跨 渡 了 斯 提 克 斯 冥 河 ， 朝 向 狄 斯 之 入 口 處

天使把惡魔送走後打開了狄斯之門
但丁鞠躬後兩位詩人一同進入了低層獄

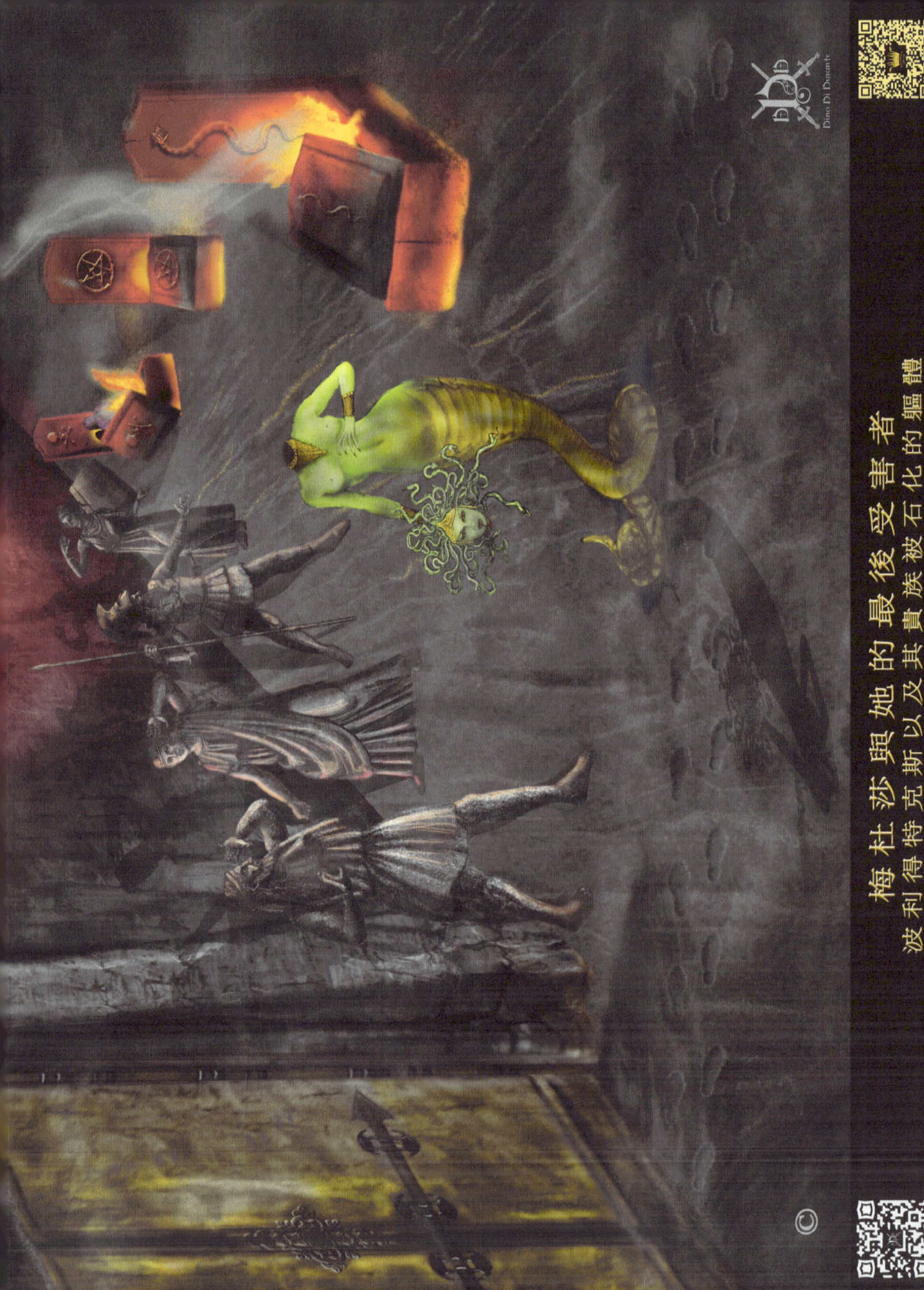

梅杜莎與她的最後受害者

波利特特克斯以及其貴族被石化的軀體

第六層 ─ 異端

但丁與法裏納塔和卡爾瓦爾康蒂說話

第七層－暴力守衛者

當他們下滑坡時，米諾陶洛威脅著著但丁

第七層 – 滑坡

但丁和維吉爾在下滑時滑到了喀戎戎和內薩斯

第七層－第一環－沸騰血河的兇手

維吉爾飄浮在空中。內薩斯帶領但丁跨渡弗列弗呑河

第七層 – 第二環 – 自殺者和敗家者

但丁弄斷了一根樹枝，皮爾德爾維涅泣出血

第七層 — 第三環 — 火雨中的暴力

瀆神者、雞奸者和放高利貸者

懸 崖

維吉爾用但丁身上的繩索誘出了格里昂

格裹昂到來

但丁和維吉爾騎著格里昂昂下到了到了惡囊

格里昂裏降陸

但丁和維吉爾下降到了惡囊

第八層－惡囊，及以下的第九層

第八層 — 惡囊，欺詐 — 深坑一

淫媒、誘奸者被妖怪鞭打

第八層 — 惡囊，欺詐 — 深坑二

諂諛者泡在糞便之湖中

第八層 — 惡囊，欺詐 — 深坑三
神棍的身體倒埋在一個小坑洞裏，腳掌著火

第八層 — 惡囊，欺詐 — 深坑四
術士，占卜者，假先知

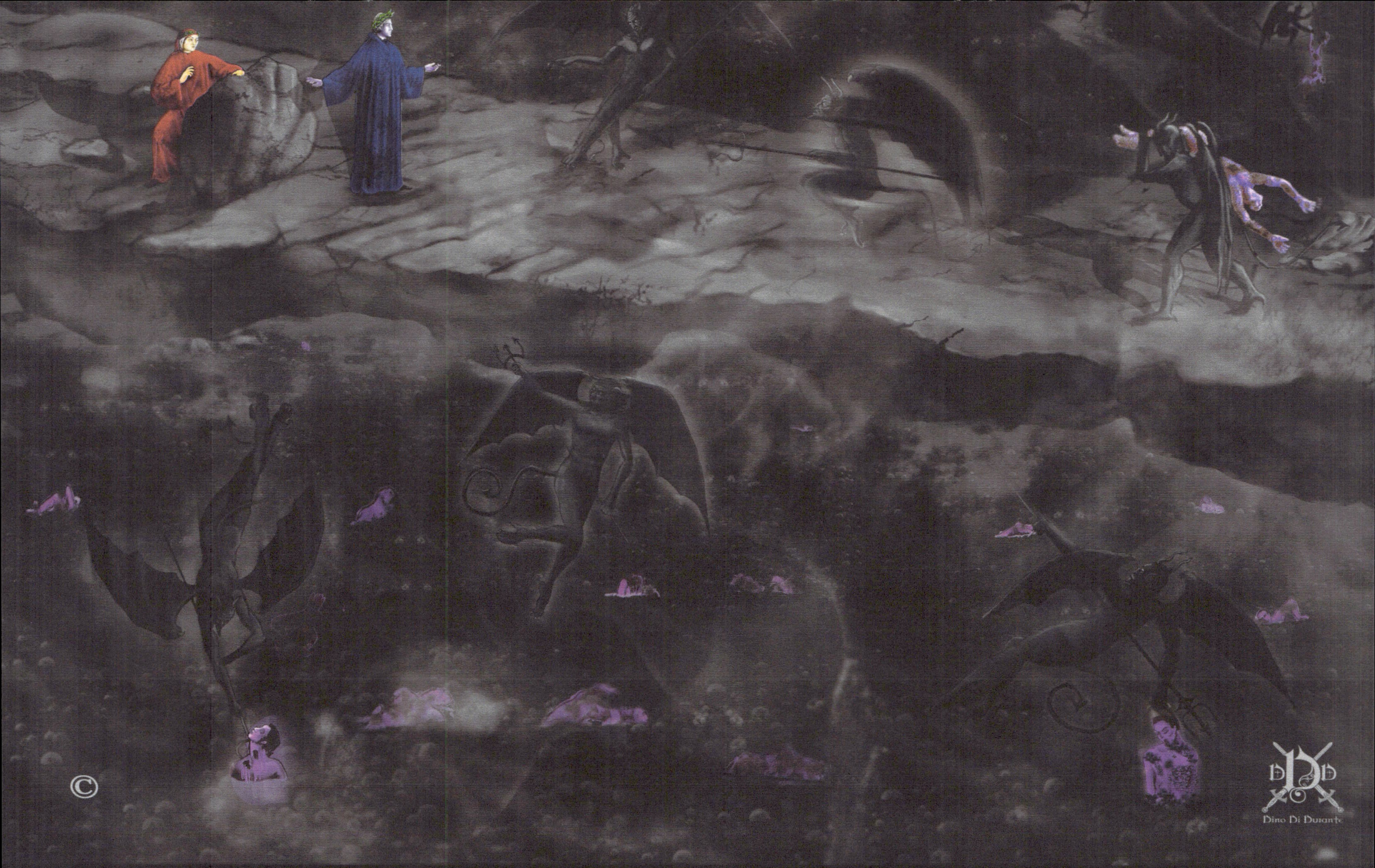

第八層 ─ 惡囊，欺詐 ─ 深坑五

教唆犯：腐敗的政客在燃燒著的瀝青湖裏

第八層 ─ 惡囊，欺詐 ─ 深坑六

偽君子：有的穿著鍍金的鉛衣，其他人釘在十字架上

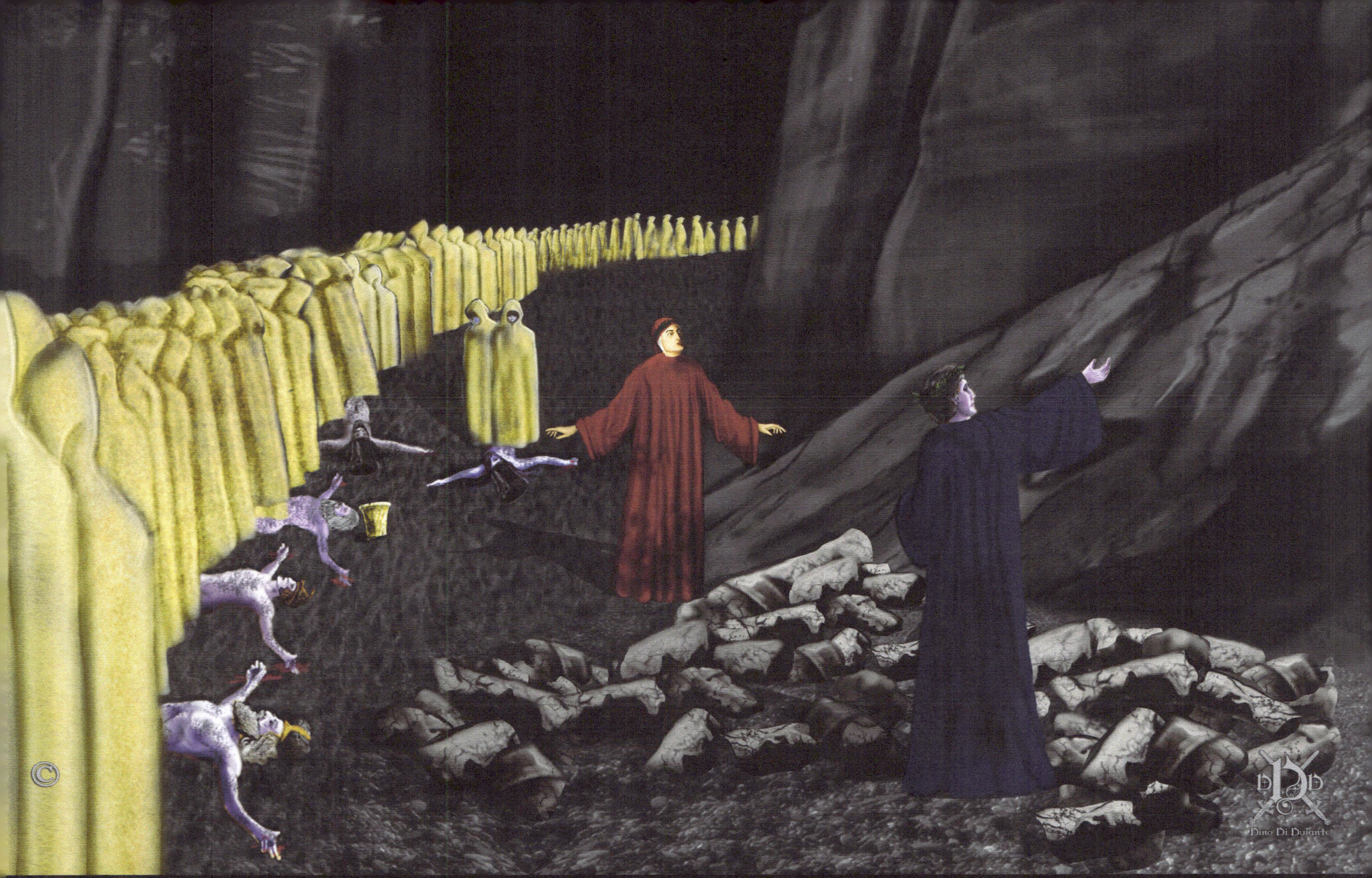

第八層 - 惡囊，欺詐 - 深坑六

偽君子：維吉爾為但丁從陡峭的石頭中指示一條出路

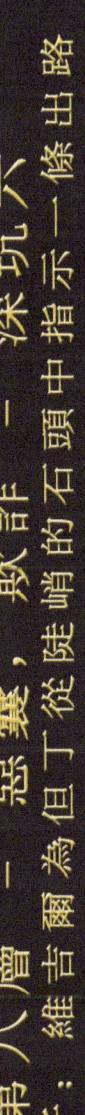

第八層－惡囊，欺詐－深坑七

盜賊與毒蛇永久人合體，人蛇形互換

第八層 — 惡囊，欺詐 — 深坑八
獻詐者：尤利西斯、狄俄墨得斯及其他人被火焚體

第八層 — 惡囊，欺詐 — 深坑九

挑撥離間者索爾斯爾被惡魔揮舞著劍亂砍

第八層－惡囊，欺詐－深坑十

偽造者，煉丹術士，冒牌士，偽誓者及冒充者

第九層守衛者

巨人：埃菲爾阿特斯，安泰和尼姆羅德

第九層 — 叛徒

烏戈利諾伯爵咀嚼著大主教魯傑裏的頭顱

第九層 — 叛 徒

被埋在冰裏至腰至腰處的路西法正咀嚼著三個罪人

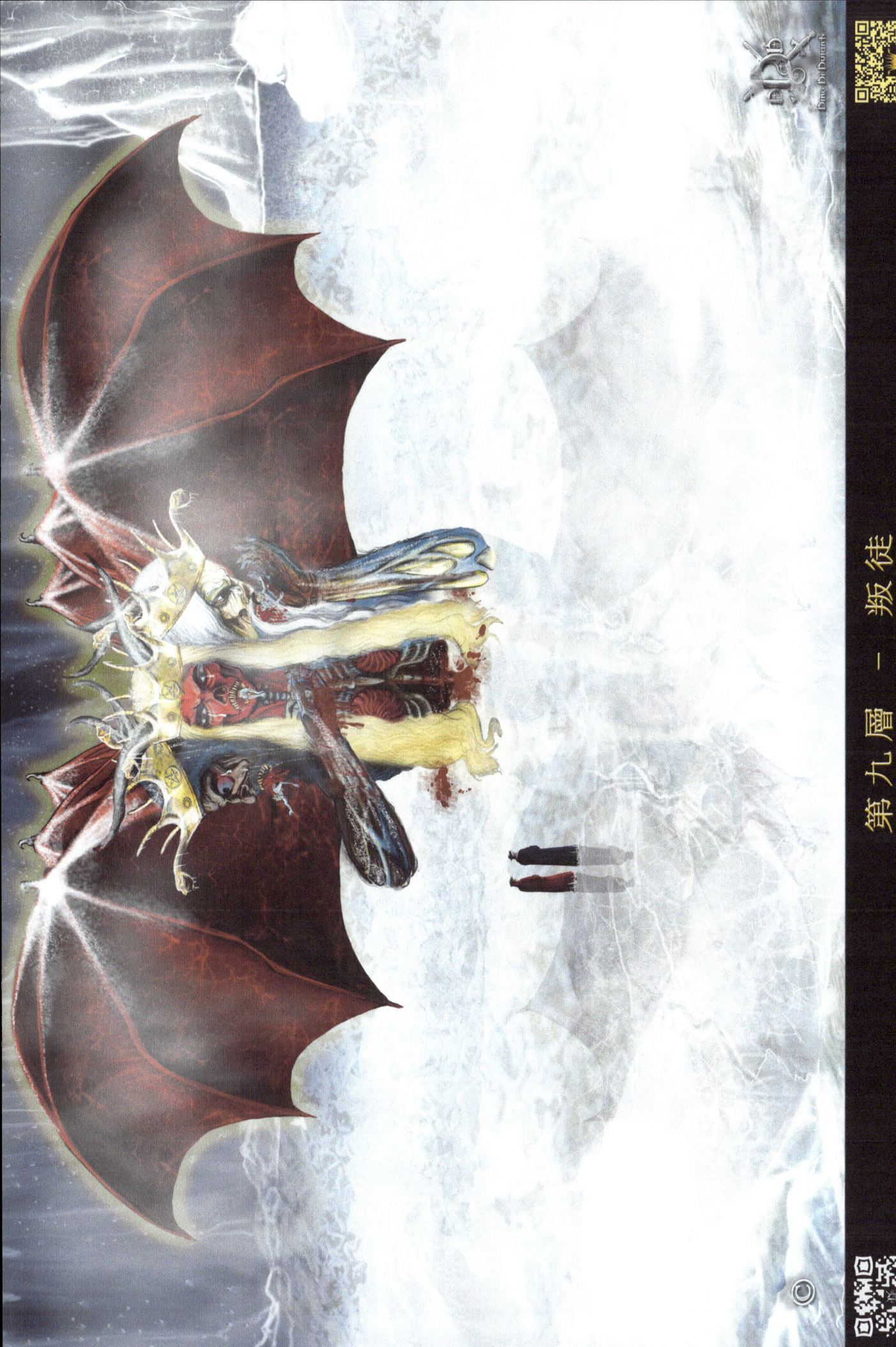

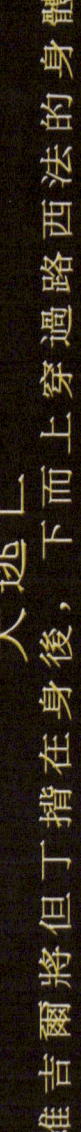

大逃亡

維吉爾將但丁揹在身後，下而上穿過路西法的身體

在路西法的身上走出地獄

但丁和維吉爾出現在南半球

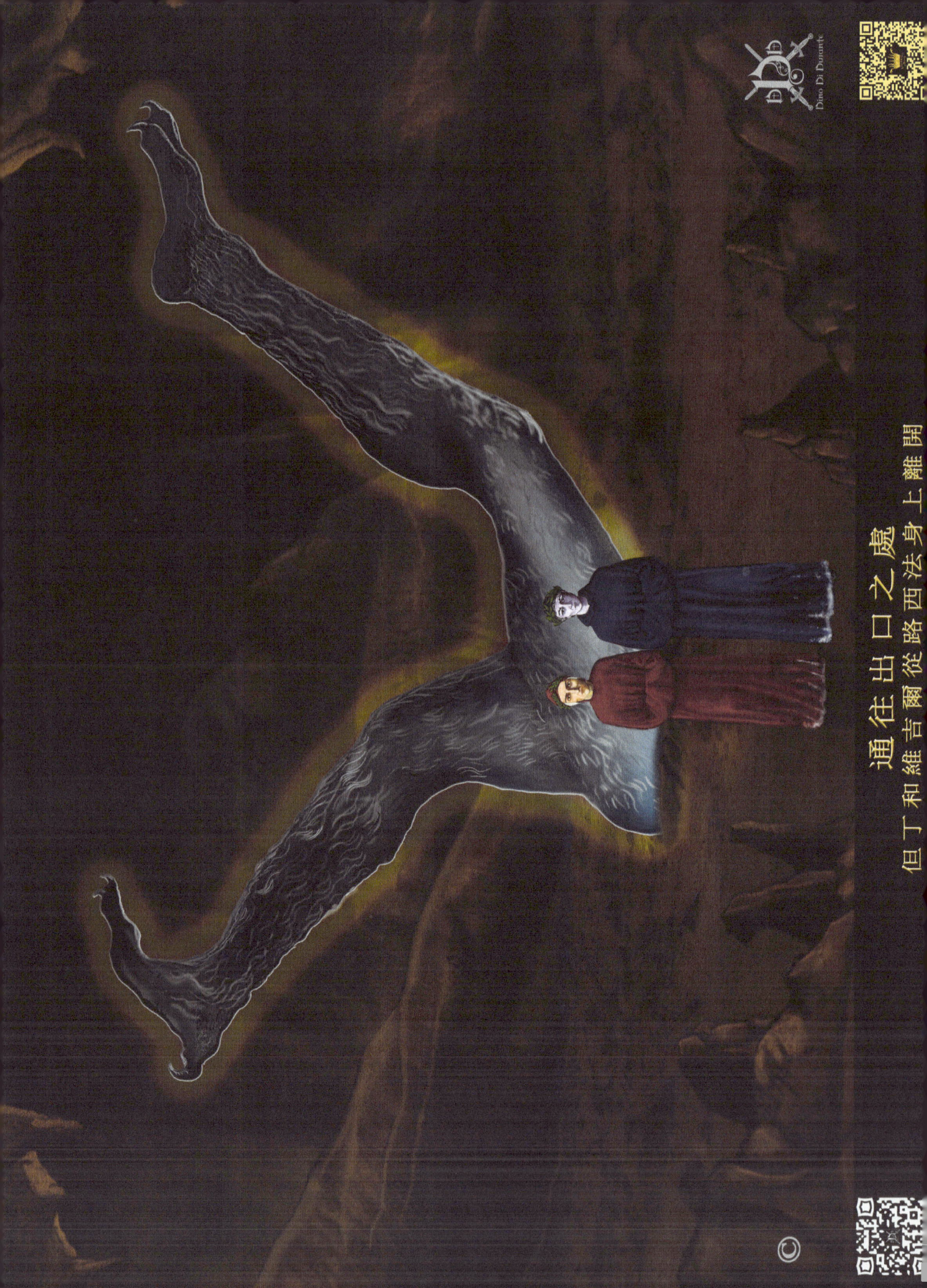

通往出口口之處

但丁和維吉爾從路西法身上離開

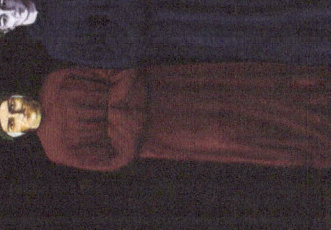

但丁和維吉爾努力走向外面的世界

更接近出口之處

一束光芒

詩人們發現光芒來自於一處洞口

誘人的光束

但丁和維吉爾跟隨著那束光

星 光

但丁和維吉爾在恒星星燈光的指引下離開了

逃離至煉獄

詩人觀察到金星及星星反射在海面上

天空
注視著南十字和雙魚星座

地獄的拼貼圖

但丁在普路托、米諾斯和兩個自殺者之間

Armand Mastroianni
Presents
Dante's Hell Animated
A Film Produced and Directed by Boris Acosta
Artwork by Dino Di Durante
Eric Roberts
Nia Peeples
Vincent Spano
Jeff Conaway
Hélène Cardona
Al Sapienza
Shirly Brener
Rico Simonini
Vanna Bonta
Adrian Paul
www.DantesHellAnimated.com